刘海彬 著

东溟集

刘海彬

上海書店出版社

图书在版编目（CIP）数据

东西南北辑·东溟集 / 刘海彬 著. —上海：上海书店出版社，2012.12

ISBN 978-7-5458-0661-8

Ⅰ. 东… Ⅱ. ①刘… Ⅲ. ①诗词—作品集—中国—当代 Ⅳ. ①I227

中国版本图书馆CIP数据核字（2012）第211507号

目录

东溟集

东溟集

东溟集

东溟集

东溟集

西江月

东溟夜话

夜半友人来会，旧坛新酒全空。酽茶且醒醉意浓，遥送天边星宿。

半世江南江北，平生陆上舟中。三江五湖入砚池，淘尽风流人物。

二〇一〇年八月二十日

望海潮

东溟秋望，排空浪卷，叠叠波涌湾岬。游艇弄潮，征帆列阵，随风自到天涯。听水拍层崖。起山间鸥鹭，飞近渔家。海市难寻，彩虹易见、落平沙。

危礁星屿参差，缀白帆点点，唱晚归槎。恣肆汪洋，云天万里，倩谁相候孤筏？看倦客东还。偕南山老去，醉卧烟霞。且道江山如画，一笑送寒鸦。

二〇一〇年八月二十九日

小重山

羊城电视塔近日落成，婀娜靓丽，婉转入云，别号「小蛮腰」。余对岭南友人曰：「东方明珠，伟丈夫也；小蛮腰，佳人也；观东海南海，水相通，气相接，今又互为雌雄，不知粤人会意否？」相视大笑而罢。返沪后戏填《小重山》一首以寄此意。

玉质仙姿上九霄，花城添妖娆，小蛮腰。东溟南海路迢迢，千里梦，曾越万顷涛。

日暮水天遥，看浦江潮涌、憾难消。若许明珠赠佳人，珠江畔、双塔应比高。

二〇一〇年十一月二十九日

水调歌头

今日节气大雪，余返故乡合肥。昔日离皖赴京，不觉廿三年矣。现卜居沪上，岁月空抛，西望江淮，不禁泫然！

昔别淝水碧，又见蜀山青。当年一去，不知何日返乡行。我去正当年少，白发而今似雪，无语泪沾襟。廿三年虚掷，徒有报国情。

意中人，心中事，尽无凭。东溟岁晚，且向知友诉叮咛。休问功名富贵，只道老来健否，最乐是微醺。纵是他乡客，犹有岁寒心。

二〇一〇年十二月七日

江城子

一别南浦赴汪洋。驭风涛，鼓帆樯。举目四顾、天水两茫茫。何日相逢难逆料，对知己，诉衷肠。

东西南北徙奔忙。望家山，别萧娘。岁月倥偬、染尽两鬓霜。江上烟波伤心月，断肠客，在他乡。

二〇一〇年十二月十一日

八声甘州 春意

有情缘送岁岁相逢，东溟又东风。叹逢君輒醉，归来恨晚，水碧山幽。人在天南地北，无不恋绸缪。冬去知卿近，先到琼州。

遥忆梅花初绽，水激层冰裂，燕绕村庐。看青青杨柳，次第绿江湖。百花艳、争宠桃李，又年年、紫陌泄芳踪。君无语、飘然又逝，空教凝眸。

二〇一〇年十二月十三日

霜天晓角 沪上初雪

彤云昨布，今日即飞雪。点点凝成片片，杨花舞、梨花谢。

犹记，江上客，渡口曾轻别。耳畔寒鸦清唳，酒醒处、他乡月。

二〇一〇年十二月十五日

声声慢

还乡道上，望月楼台，春风欲醒还醉。无奈霜寒，露染一池萍碎。子规夜半啼血，唤燕来，又呼莺去。江上渡，往来人、不晓几时重聚？

水绕长堤碧柳，斜阳里，多是少年俦侣。岭上梅残，遥应断桥柳絮。惊飞水边鸥鹭，又三两、还向天际。凭栏处，倩谁问、牛郎归未？

二〇一〇年十二月十七日

解语花

佳人欲觅，每恨无缘，唯见相思豆。百枝千束，春风里，俗眼难分翘楚。蜂飞蝶舞，尽环绕、桃丛李树。待凝眸，芍药山茶，又夺游人目。空教花相守，看中天明月，竟夜无语。春宵多梦，江头客、此际帆樯何处？高楼百尺，徒怅望、归期难数。静夜思，白了青丝，燃尽西窗烛。

二〇一〇年十二月十八日

隔帘美人

君去南国何处？岭上天连树。晚来塞上秋风紧，一曲阳关边城暮。江上归帆点点、送白鹭。

渔歌唱晚，霞共夕阳送。莫叹春去红颜老，春宵春梦又几度。江畔望穿秋水，人如故。

二〇一〇年十二月二十一日

双锦瑟

二十四桥明月，何人月夜吹箫。春风瘦却舞娘腰。众里寻她人渺。

南海曾逢佳丽，北国总聚英豪。东西南北任逍遥。谁共碧堤春晓。

二〇一〇年十二月二十一日

望湘人

又涛声到枕，旭日临窗，恍惚犹似无寐。梦里佳人，余温在抱，总是春归思睡。岭南云升，塞北雪霁，天涯倦旅。欲记取、平生佳日，唯梦家山月堕。

年少曾骑牛背。握横笛一管，尽情鼓吹。约月上

柳梢，羞涩邻家阿妹。悄摸素手，敢凑香唇，野合曾拜天地。今老矣，万里相思，不知何时重聚！

二〇一〇年十二月二十二日

引驾行

金风萧瑟，群山万壑凝秋色。扁舟行、彩云停，欣看海滩潮起。南岭、南海水天齐。孤帆又引涛万里。他乡客、他乡怕见：正黄昏，飞细雨。未已。

二〇一〇年十二月二十二日

点绛唇 印象风

江海扎台，明星名导留连处。北山南普（北山即嵩山；南普，即普陀山。），梵乐歌一曲。忽忽如风，万众赶场去。大写意，山施粉黛，湖畔千人舞。

二〇一〇年十二月二十三日

鹊桥仙 咏茉莉

茉莉又名蔓华，「皆胡人自西国移植于南海，南人怜其芳香，竞植之（（晋）嵇含《南方草木状》）」。茉莉盛开于夏，与荷花并称君子。

西来万里，波涛如怒，谁护纤枝一束？胡尘渡尽入汉家，教魂魄、长依东土。

光如霁月，色如凝脂，芳香幽然入骨。清风素面岭南来，又忍让、嫦娥怜妒！

二〇一〇年十二月二十五日

扬州慢

海上日出

水拍沙滩，晨曦初露，天边一抹微红。看云蒸霞蔚，迎旭日东出。方举目、波翻碎锦，火燃崖树，浪涌金珠。又交睫一瞬，朝阳跃出骊宫。

扁舟一叶，伴孤帆、遥向碧空。笑舞榭歌台，优伶虽换，妙曲难工。何如泛槎海上，携卮酒、鸥鹭相俦。任蜃楼变幻，春心不嫁东风！

二〇一〇年十二月二十八日

梅花引

乡思

人在岸，舟在水，中间一掬相思泪。三更雨，五更风。梦里重逢，犹在客邸中。

水连天际看归棹，冬去春来梅已落。野渡口，碧潭湫。还乡情怯，白了少年头。

二〇一〇年十二月二十八日

一剪梅

岁末，余去常州。公务之余，吴国元、贡子文陪余游天宁寺，谒苏轼园，因赋此。

岁末匆匆到常州。故地重游，万丈高楼。风光不与旧时同。失了来路，迷了车夫。

苏子当年常泊舟（苏轼与常州素有前缘，一生十一次来常州，两次上表朝廷乞居常，终在靖国元年（公元一一〇一年）七月二十八日

东溟集

病殁于常。生前「哀词」云：「大江之南兮，震泽之北。吾行四方而无归兮，逝将此焉止息」。

浪迹洲头，永寄风流。天宁禅寺晚钟悠。梵呗梵呗指佛教活动中赞颂佛菩萨的声乐作品，是汉传佛教音乐的重要组成部分，还包括介于唱诵之间的偈、咒、真言、礼佛号等。「天宁梵呗唱颂」已列入世界非物质遗产名录。声稀，古刹人稠。

二〇一〇年十二月三十一日

忆相思

一阕新声，三杯旧酒，登高最怕赋诗。叹知己难逢，佳人何在？宛似旧时。因扑彩蝶生春色，郎骑竹马绕秋池。看南山、秀色如罗髻，江畔柳，绕荒祠。

新欢易得，旧情难觅，风流最数顽石顽石，宝玉、黛玉之属也。。记月下初约，伊人袅袅，姗姗来迟。欲系红丝无月老，东溟一别聚何时？乘一帆、还向沧海去，谁共我，谱新词！

二〇一一年元月二十九日

调笑令 贺新春

风随虎去，月伴兔来。庚寅除夕，戏填小令二首贺岁并迎辛卯年。居安思危，危不可虞；安而忘危，危立至矣！

一

阿兔，阿兔，尾虎悄然而至。曾随吴刚伐柯，捣药亦伴玉娥。娥玉，娥玉，天上人间来去。

二

阿兔，阿兔，斯名不列六畜。眼观五路风涛，耳闻八方怒潮。潮怒，潮怒，隐在草根深处。

二〇一一年二月二日

江城子 夜游秦淮

经年一别旧曾游。会故人，夜泛舟。十里秦淮，又泊白鹭洲。簇簇衣冠夫子庙，灯如昼，古今同。

朱栏瓦肆月如钩。逐繁华，似水流。朱雀桥边、桨橹漾帆篷。每见新人嘲故主，言气节，在青楼。

二〇一一年二月四日

苏幕遮

谒金陵，夫子庙，天下文枢，昔日魁星耀。八艳秦淮今在否？扇底桃花，犹罩吴中雾。

朱雀桥，乌衣巷，画舫游船，还向波心荡。白鹭明波桃叶渡，燕舞莺歌，唱彻江东路。

二〇一一年二月六日

扬州慢

虎去兔来，春波又绿，吴山楚水青青。更秦淮十里，欸乃水泠泠。又十载、金陵风物，楼高千丈，碧树成荫。觉古今一梦，操琴犹作秦音。

东山草木，忆当年，曾睹风云。见北寇南来，城头兵列，变幻旗旌。虎踞龙盘犹昔，劝觞者、还是吴姬。笑吾人老矣，江山谁又登临！

二〇一一年二月六日

永遇乐

王阳明曰：破山中贼易，破心中贼难。

江水东来，哲人西去，时已千载。漫漫人生，无情岁月、一粟归沧

海。前尘路漫，凭高临远，犹是少年情性。算平生、何求高寿，无非梦中蝴蝶！

焚香拜祖，参禅修道，善恶常存一念。头顶神明，心中百姓、自有丹青卷。莫欺当世，可名千古，鱼目真珠难混。到冥间、阎王问责，有谁可免！

二〇一一年二月七日

桂殿秋

一

春色里，又相逢。昨别南浦启帆篷。江南次第开桃李，君隔云山一万重。

二

夏方去，秋色浓。今来塞上又西风。闲将玉兔织玉锦，愁听秋雨入帘栊。

三

冬日里，雪纷纷。朔风残照送黄昏。寒梅一束香暗渡，冷月犹照梦里人。

二〇一一年二月七日

钓船归

一见帆樯向浪峰，万山重。人生何处不相逢？两心同。东去夏来时序转，莫凭栏。夕阳西下晓星稀，月光寒。

二〇一一年二月十二日

喜秋天

东篱蕊正黄，落叶满溪涧。古道西山舞万枫，嘹唳南飞雁。

寂寞秋江雨，冷落农家院。谁挽牛郎醉后归，唯有桃花面。

二〇一一年二月十三日

满庭芳

二月十四日，西俗圣瓦伦丁节，又名情人节。随西风东渐，此节亦风靡东土。今填此阕以赠天下有情人。

北地风寒，春归江左，繁花次第归来。报春桃李，俱作一时开。欣见嫣红姹紫，石竹笑、溪畔梅衰。春光泄，粼粼春水，又唤艳阳回。

游人当此际，天涯浪迹，怕上楼台。叹如梦，春心无语难猜。又是情人佳节，将玫瑰、暂表情怀。中天月，碧空犹现，兔影伴婵娟。

二〇一一年二月十四日

沁园春

陋巷穷街，荧荧灯火，还住房奴。看千层广厦，霓虹璀璨；香车宝马，路阔灯红。富贵无凭，命隔宵壤，如蚁生民聚蚁棚。都市里，纵蜗居寸壤，天价难酬。

当年同别村庐，安危共、赴汤蹈火中。有旌旗猎猎，前人指引；如磐风雨，不教人愁。恰似长江，穿山越岭，百折千回还向东。叹今日，有财神引领，物欲横流。

二〇一一年二月十五日

莫思归

微雨街衢买杏花，送君一别到天涯。春风无语偏入梦，最怕登楼夕照斜。恐见离人远，只向天边数啼鸦。

二〇一一年二月十九日

痕来迟

江左频来，友人欣聚，笑语和谐。问最乐何时？美酒在盏，佳人在怀。　世间事，情字最难猜，偕君浪迹西东。问最美何时？春风在柳，明月在天。

二〇一一年二月二十三日

满庭芳

柳绽初芽，草凝新碧，春风又绿天涯。汤山晓月，入梦是琵琶。信步紫金湖畔，风又绽、万树梅花。嗟十载、钟山依旧，风雨送年华。　观晴川历历，莺飞早树，竹影参差。叹江湖、又经几度烟霞。莫谓美人迟暮，夕阳下、还望归槎。春来也，嫣红姹紫，无语入人家。

二〇一一年二月二十四日

市桥柳

海上客、孤舟片橹，聚友会朋汤口。苍苍莽莽钟山，又相逢、醉中一

壶酒。　此处落帆曾系柳，去天涯、难教玉人相守。叹富贵、常相忘；有知音、此生不朽。

二〇一一年二月二十六日

不怕醉

不怕醉，最忆酩酊滋味。曾记酒逢八巡后，墙倾瓮见底。
月下美人扶起，转瞬关山万里。岁月倥偬川上逝，恰如东去水。

二〇一一年二月二十七日

江南弄　春词

春风起，春山春雨浓。漫教春色入春梦。一江春水夕阳红，暖玉温香此夜中。　春月相拥春夜半，春情春意入帘栊。负春心，伤春景，思春还盼西窗共。

二〇一一年二月二十八日

西江美人

羁旅风尘如旧，客中晓梦犹寒。塞鸿声里夕阳残。望断东溟烟雨、莫凭栏。　历尽江南塞北，衷情还是家山。曾经单骑出阳关。休教美人踟蹰、几时还？

二〇一一年二月二十八日

满江红　望夫石

海角天涯，伶仃处、望夫有妇。沐风雨、梦魂凄切，今生谁主？水绕孤村慈母泪，风嘶茅舍贫儿苦。更娇妻、长候玉郎归，同生死。云天际，凝帆橹；心念念，真情属。看一天云水，二三鸥鹭。村口寒鸦鸣老树，门前桃杏凋尘土。更何时、欣喜庆团圆，人长久。

二〇一一年三月一日

雪狮儿

轻车西去，汤山泉暖，大江东岸。芳草如茵，不觉流年暗换。春光如许，又几度、莺声婉转。倩谁人、布棋松下，抚琴溪畔。　枕侧玉人冰雪，似呢喃、又似晚风低唤。梦里情欢，胜似人间千万。月华如

水，流不尽、离情别感。鹊桥断，迢递又隔云汉。

二〇一一年三月八日

永遇乐

一树春光，园中三径，门前五柳。二垄薄田，篱笆四面，最喜农家友。溪边闲钓，南山伐柯，自谓钓翁樵叟。梦中佳人行处远，莫问梅花寒瘦。

畦旁种豆，池边植柳，任尔岁华飞走。百姓情怀，骚人命运，兀立斜阳久。兔随虎至，春来冬去，唯汝寸心可诉。又黄浦潮升潮落，酹一江酒。

二〇一一年三月十一日

采桑子

本是征人后，生来不恋家。食尽南北脍，醉赏四时花。士在江湖老，人随海上槎。梦中东去水，还是到天涯。

二〇一一年三月十五日

朝中措

周末酒绿又灯红，车马去如龙。谁唤踏青人众？清明谷雨春风。农家院落，男欢女笑，醉意朦胧。怀旧宜来乡下，寻芳直去山中。

二〇一一年三月十六日

临江仙

别后常向梦中聚，醒来已是三更。枕边唯剩昨宵酒，且寻仙乡去，一醉了无痕。

莫谓人生无长憾，望穿秋水伊人。江上春风江畔柳，梦中犹记：灯火正黄昏！

二〇一一年三月十七日

六州歌头

春回故土，先上岭南枝。梅早占，层冰裂，促芳菲，惹相思。正柳摇风细，催棠棣，樱花放，呼桃李，山茶应，候迎春。姹紫嫣红，伴杏飘溪水，又绕孤村。更绵绵春雨，淅沥洒轻尘。燕舞莺歌，送晨昏。望家山渺，江湖上，平生事，尽无成。夜难寐，日常醉，倩谁人，抚琴

筝。待挂帆天际，观云水，钓浮沉。偕知己，邻鸥鹭，共芳樽。休叹人生苦短，问谁有、不坏金身？待红尘看破，今世且为僧。还入山深。

二〇一一年三月三十日

西江月

夜与曹鹏、焦晃、维明诸兄并金华、子平诸君聚，大醉，归后作。

夜共诸君欢聚，席间一饮空缸。众云今世恋何人？均有非非之想。年少不贪美色，老来又误流光。环肥燕瘦叹厥如，人性分明无上！

二〇一一年四月三日

赞成功

睹君座上，醉态初萌，明眸皓齿又春风。眼含秋水，眉上春峰。腰肢袅袅，艳压芳丛。

此夜云散，半月朦胧，行踪南北又西东。坐闻梁祝，起舞庭中。今夕何夕，再赏丝桐。

二〇一一年四月三日

水调歌头

清明感怀

江南花飞雪，陌上雪飞花。桃花观里，桃花开后暮阳斜。曾对溪山啸傲，谁解心中块垒，且泛梦中筏。昔日功名路，碧血溅黄沙。

春草绿，和风送，海上槎。知音同醉，妙曲天籁品新茶。大道无须高论，剑客让人先手，一醉万金赊。此际东溟去，云水伴孤帆。

二〇一一年四月五日

鹧鸪天

淅沥清明雨未收，海棠妖娆斗桃红。游人已向春山去，归燕还从故地逢。江畔柳，岭头风，月光犹照旧帘栊。家山难入今宵梦，羁旅愁闻古寺钟。

二〇一一年四月五日

捣练子

春已至，正芳菲，李灿桃红莺燕飞。莫谓云遮家万里，一江春水到东溟。

二〇一一年四月十日

乌夜啼

午与友人论人生，感慨系之，书此。

大梦浑然觉，百年几见浮沉。功名富贵皆流水，青史几人存？莫怨世风日下，怜它豚犬依人。天涯毕竟存知己，笑不负此生！

二〇一一年四月十五日

风流子

友人，豪杰也；无他好，唯爱美色。曾引圣人句自辩：「子曰：食色性也；诗云：君子好逑。」余大笑，填此词以赠。

生有英雄气，天教汝、不乏美人缘。有燕瘦环肥，望之生色；沉鱼落雁，次第而前。春风舞，绕湖边碧柳，莺燕尽飞来。月泻北窗，星垂南阁，沉香亭畔，雨散云开。

笑人非宝玉，怡红院里徘徊。漫道烟波江上，倚翠偎红；入百花园中，招蜂引蝶。巫山洛浦，艳遇连连。命里如花下死，死亦欣然！

二〇一一年四月十五日

江南柳

江南柳，摇曳在江洲。车马楫舟从此过，个中能有几风流？樽酒赋离愁。

微雨后，莺燕啼枝头。送客迎人皆在此，美人无语眺归舟，明月照西楼。

二〇一一年四月十九日

破阵子

夜与春彦兄聚，戏谈世间事。

醉看青山一抹，醒观湖水一泓。黄浦滩头骑驴客，五岳消磨更五湖。江山入画图。

臧否神州人物，笑评江左风流。美酒销魂歌一曲，且伴佳人得月楼。风云几度秋。

二〇一一年四月十九日

永遇乐 城中三叹

城中叹

朝伴烟霾，暮腾废气，水泥天地。尘染朝霞，雾蒙晓月，繁星皆屏蔽。车流霸路，行人如蚁，每日朝九晚五。工薪族、掏钱购物，竟敢自称上帝。

凌云广厦，入地车马，全仗电梯上下。水赖瓶装，食须检疫，奔走无四季。离乡背土，萍踪难寄，念甚城中户口！归来兮、故乡明月，皎然胜昔。

蚁族叹

不是精英，也来城里，居大不易。朝伴人来，暮随车去，周末班相继。衙门小吏，公司菜鸟，自是事繁薪少。挣扎起、牙关紧咬，还盼出人头地。

升迁漫漫，前途渺渺，最怕衣食飞涨。孩子上学，

家人卧病，请假无人替。少年多梦，青春梦醒，未老先衰筋骨。莫相逢、故乡亲友，徒添狼狈！

民工叹

城里无房，乡间无地，难谋生计。手担肩挑，街头巷尾，百业皆不弃。秋冬春夏，沐风栉雨，勉养一家三口。故乡遥、魂牵梦绕，徒恨不能归去。

摩天广厦，通衢大道，密密人车如蚁。地铁人稠，公车拥挤，白眼还相继。油盐酱醋，当家柴米，月月均须搔首。棚屋里、半壶残酒，难拚一醉。

二〇一一年四月二十日

江月晃重山

君去秦关燕塞，相逢还叹缘悭。西山春草碧连天。江南客、春日去巡边。

却道别君沪上，千山云水相连。杨花柳絮舞长街。归来也，再聚天鹅轩。

二〇一一年四月二十日

沁园春

水复山重，谷雨又至，杨柳春风。看莺歌燕舞，花繁草碧；海棠又放，桃李争荣。路断廊桥，烟笼南浦，梦里云情雨意浓。莫相问，思郎君竹马，何日相逢？

人生朝露倥偬，百年寿、无非一瞬中。愿佳人常在，春光长永，凉浸炎夏，月沐金秋。大雪封山，围炉炭火，四季与君共绸缪。东溟客，有知音如此，夫复何求！

二〇一一年四月二十日

忆王孙

一

出门自乐莫心哀，世态炎凉入眼来，冷雨凄风扑面斜。莫咨嗟，富贵逼人气自炫。

二

豪宅恶犬吠人来，一进衙门自进财，贫贱夫妻百事哀。笑人生，万水千山任往来。

二〇一一年四月二十二日

西江月

何必见官诺诺，做人最耻唯唯。独行特立笑谀媚，惯看一江春水。

进取无关学问，退休还去山林。知音莫问吾与谁，只看青眸白眼。

二〇一一年四月二十七日

江城子

仲春四月，余到滁州，老友韩先聪主其政，宴桂生与余于国际饭店，宾主尽欢。四十年前，余曾在此插队落户，岁月倥偬，今来喜见旧貌新颜矣。

当年下放在此乡。卅年后，仍思量。南北飘蓬，一去似长江。老去犹依长江口，情未老，两鬓霜。

同学还幸宰彼邦。气豪放，扮新

妆。千载今来，醉翁忆欧阳。笑谓仁兄休懈怠，为民众，且奔忙。

二〇一一年四月二十九日

鱼美人

四月二十九日，余到金陵。从才兄宴我于玄武饭店，忆当年南京人语：「住在金陵，吃在丁山，玩在玄武」，历历已成旧事。

千江春水一时来，桃李绕堤开。谁歌杨柳在高台?月下美人娉婷舞，影徘徊。

相逢今夜在江南，且听新曲翻。君唱白雪对巴人，过了金陵春梦远，又关山。

二〇一一年四月二十九日

十报恩

飘蓬江海任浮沉，不意修来世外身。醉在其中皆是酒，萦回梦境俱美人。在官岂晓油盐贵，治乱方知重民生。莫谓路旁农家乐，劳心劳力又劳神！

二〇一一年五月一日

西江月

三五知交又聚，人生偶寄闲情。东西南北路行行，常送一江帆影。醉里伊人歌舞，清音响遏行云。一弯残月照东溟，还漾波光万顷。

二〇一一年五月一日

满庭芳

湖畔栽桃，溪边插柳，小园菊对竹栅。桂生庭阶，花放紫薇繁。且喜兰开畦圃，蜂蝶舞、妙趣天然。儿时梦，山青水碧，枫叶色还丹。

叹天灾频仍，溪中无水，湖上无帆。小园中，芬芳桃李都残。闻道三峡筑坝，应换得、岁岁平安。浑不见、当年浩渺，牛马牧河滩。

二〇一一年五月六日

双调南歌子

不见春风面，愁肠绕万千。莫云初见在当年。水畔丽人无语，似天仙。

一别云山远，相思梦里圆。此身谁缔一生缘，醉中惊鸿一瞥，又天边。

二〇一一年五月十三日

思越人

过江南，春色邈，车窗细雨频敲。路畔卖瓜声渐小，夏来步履悄悄。溪边柳下多行客，蜻蜓飞上荷角。茅舍听蝉鸣树杪，青山还对夕照。

二〇一一年五月十三日

东风第一枝

明月窥人，人窥明月，古今皎然如雪。团团才上东山，盈盈又沉西涧。柔情似水，送一叶、扁舟云海。又朗照、万水千山，更洒清辉无限。

曾记否、多情年少，别故土，渐行渐远。相思常入离怀，最忆梦里晓月。琼楼桂阙，倩谁人、共嫦娥语？邈银河、点点繁星，耿耿伴伊长夜！

二〇一一年五月十五日

沁园春

龙吟云天，虎啸山涧，人在桃源。想江东豪俊，终归尘土；秦淮八艳（秦淮八艳指明末清初在南京秦淮河畔享誉天下的八位奇女子：李香君、董小宛、陈圆圆、柳如是、卞玉京、寇白门、马湘兰、顾横波。），命运堪怜。王谢堂前，难寻莺燕，后世君王偏姓钱。世间事、方交睫一瞬，已过千年。

相逢自有前缘，笑你我，谊交大醉间。唤吴姬进酒，一干而尽；春风拂柳，风月无边。锦绣江南，似君有几，还忆周郎正少年。沁园曲，唱楼台千丈，满座高贤。

二〇一一年五月十五日

如梦令

闲卧崇明岛上，目送人来客往。白云映芙蓉，莺啼芦花深处。如梦，如梦，远影孤帆谁共！

二〇一一年五月二十六日

沁园春 端午祭

门口悬艾，举家食粽，满座春风。正佳节端午，万人空巷，齐集江畔，来看龙舟。酒饮雄黄，香囊喜佩，共祭屈原一老翁。当年事，纵

千年已逝，还映清波。 楚人素具刚肠，更忠骨，毅然投汨罗。叹君昏臣愦，豺狼当道；一身赴死，百代流芳。愤懑离骚，悲怆天问，诗颂渔父并九歌（离骚、天问、渔父、九歌俱为屈原作品。）。朝暾起，幸今非昔比，万里山河！

二〇一一年六月六日

芰荷香

忆当年，正吹箫月下，折柳溪边。少年情性，夜来酒醉花前。多愁年纪，又恰逢、烽火连天。年幼离乡背土，飘流四海，耕彼桑田。

敢笑功名似粪土，历晨风晓月，云水八千。客中孤旅，曾觅三径桃源。天涯游子，梦归处、还是林泉。江南夏日炎炎，湖中芰荷，为我新妍。

二〇一一年六月六日

沁园春 咏农家

湖畔抓鱼，溪边捕鳝，挑担田间。苦春播夏种，秋来双抢；披星戴月，四季难闲。背负青天，脸朝黄土，还盼过年好息肩。农家乐，但凭人说笑，有口难言。

躬耕只在桑田，卖柴米、换得几吊钱。喜旧房新缮，新媳待娶；风调雨顺，还庆丰年。瓜果梨桃，枝头灿灿，最乐年终共团圆。平生事，愿年成更好，子孙贤。

二〇一一年六月十日

沁园春

云卷潇湘，雨浇吴越，江南入梅。看溪浊流湍，千山飞瀑；湖无涯际，渡口波兴。银汉翻江，天河决口，天地茫茫水似倾。山洪滥，竞奔腾咆哮，横扫千钧。

年来水旱频惊，正说道：东南苦旱情。诧雷神乍怒，连云潮涌；江窄浪阔，拔树摧林。楫折樯倾，人为鱼鳖，难乞天公暂放晴。方抖擞，待倚天拔剑，力战波平。

二〇一一年六月十二日

满庭芳

雾漫汀州，水温南浦，湖边菡萏初开。轻飏柳叶，还送暖风来。几处蝉鸣蛙鼓，随碧草、又染苍苔。浓荫下，豪车阵列，影照夕阳斜。蒹葭飞野鸟，舟随浆进，萍碎波前。向船屋，来尝村酒湖鲜。饕餮城中食客，皆赞此、世外桃源。双休日，蜂涌客至，水上美食街。

二〇一一年六月十三日

解佩令

水漂萍藻，珠圆荷叶，又亭亭，菡萏方艳。柳下荫浓，枝头上，蝉声悠远。池塘边，蛙鸣一片。

江湖浪迹，家山千里，梦中人，朱颜似雪。野渡舟横，旧曾逢、桃花人面。寄年年，故乡明月。

二〇一一年七月二十日

满庭芳

上海印象

人号摩登，城称不夜，吴侬软语情浓。参差楼宇，博采列国风。昔日洋街十里，如今是、经济之都。来黄浦，五光十色，满目尽霓虹。

苏杭方咫尺，西通巴蜀，南接三吴。一帆举，大洋还汇西东。目睹千年巨变，堪一醉、酒饮千盅。秋来也，崇明北望，霞染一江红。

二〇一一年七月二十九日

蝶恋花

秋水长天芦苇老，鸿雁来时，惆怅菊开早。燕赵重来吴楚杳，家山总被彤云绕。

城内楼高车满道，宝马奔驰，靓女争窈窕。城外农家秋色晚，野无丁壮唯翁媪。

二〇一一年八月

沁园春

梦里伊人，阳春白雪，吾见犹怜。似沉鱼落雁，羞花闭月；回眸一笑，仪态万千。千古难寻，今生难觅，惆怅难期月下缘。人无寐，任三更辗转，中夜无眠。　还嗟咫尺天边，相思意、纠结似少年。有柔情满腹，无人可诉；欲言又止，踟躅难前。众里寻她，虽千百度，欲拨琵琶空断弦。且相忘，悟狂生老矣，莫教人嫌。

二〇一一年八月二十七日

临江仙

明月浮天天浮水，席间琴瑟频吹。高楼百尺伴君谁？嫦娥寂寞，岁月去如飞。　莫叹浔阳江头客，昨宵泣下沾衣。秋风杨柳两依依。渔歌一曲，江上数峰青。

二〇一一年八月二十八日

临江仙

中秋

记得东溟十一载，倥偬岁月奔忙。中秋八月应还乡。家山明月，还挂小池塘。　松下晚唱秋虫老，佳人还候西厢。抚琴兀地动乡愁。相思如水，犹绕百结肠！

二〇一一年八月二十八日

沁园春

月似明眸，雪如皓齿，眉若春山。道千金一笑，含颦西子；舞旋飞燕，歌胜貂蝉。素面朝天，不施粉黛，南北东西侃侃谈。傲尊贵，有腹中锦绣，妙语连环。　少年曾别家山，风云起、还张四海帆。慕东方才女，读书万卷；人生吴下，誉满江南。性本巾帼，行匹好汉，一鹤排空云雾端。三五夜，待东山月上，韶乐轻弹。

二〇一一年八月二十九

西江月

春彦兄妙对曰：「无计从心头去，有风自故乡来」，诚神来之笔，余以「西江月」续貂后。

无计从心头去，有风自故乡来。东溟钓叟步苍苔，妙笔生花天外。
世上纷繁五彩，风云无影难猜。东山黄浦两徘徊，恁地归思难解。

二〇一一年八月三十日

西江月 秋夕

梦里佳人在抱，醒来明月入怀。清风拂柳过墙来，宿酒难消情债。
月影徘徊窗下，芭蕉还印苍苔。秋虫何故唧声哀，底是秋寒难耐。

二〇一一年八月三十一日

沁园春

过客匆匆，江流滚滚，百舸千帆。在浔阳江口，题词楼壁；西行道上，屡涉雄关。百岁人生，电光石火，过尽千山又万滩。曾无憾，历江河湖海，五岳三山。
世间莫惧艰难，似一粟、偶来沧海间。视功名富贵，无非一梦；寿夭福祸，皆可释然。世态炎凉，何须在意，万事可将冷眼观。聚知己，把一壶浊酒，且共欢谈！

二〇一一年八月三十一日

沁园春

吴越黄昏，一见惊艳，双目交睫。恨此生难逢，今宵无寐；默然无语，还叹缘悭。若许结缘，诸佛拜尽，一别人间云水天。痴郎在，纵江山不爱，只爱红颜。

人生难免纠结，千古憾、常出一瞬间。任酩酊大醉，还因绝色；伊人乍现，远胜三千。倾国倾城，花容玉貌，一鹤云中舞翩跹。谁伴我，赴玉门关外，问道祁连。

二〇一一年九月一日

沁园春

朝发神州，夕至欧陆，飘逸如仙。望湖边倩影，天鹅羽璨；东方西子，楚楚人前。隔水形只，回眸笑灿，佳人常在云水间。豪情在，似鉴湖侠女，远去天边。

征鸿一去如烟，大洋上、帆影送芳年。正鬓龄豆蔻，读书万卷；日行千里，又岂堪言。眉淡春山，眼浓秋水，蕙质兰心意态闲。长夜永，问君在何处，月照窗前。

二〇一一年九月三日

翰林风

适与友人聚，睹座上红颜，会酒中知己。笑无风自雅，有意难匹。

客里愁肠泪几多，红颜座间自倾国。堪笑今生缘份浅，千盅酒后始狂歌。彼抱琵琶半遮面，司马青衫亦滂沱。纤纤弦上五音急，痴心难向美人说。

二〇一一年九月五日

桃叶令

见非易，别之难，家山一去几时还？渡急流，过险滩。千江水，万重山，年年岁岁涉雄关。月朦胧，倚栏干！

二〇一一年九月七日

柘枝词

朝辞南浦港，暮到玉门关。水草丰亦美，牛羊遍湖山。秋风吹碧水，

何日送君还？

二〇一一年九月七日

西江月

咏月

无汝即无雅趣，有君便有诗情。远山如黛近山青，风碎一江月影。缥缈琼楼桂树，嫦娥玉兔与君。婷婷袅袅沐清辉，朝暮常来梦境。

二〇一一年九月十二日

西江月

一笑朝霞璀璨，动人最是回眸。秋来无事上琼楼，明月清风相守。落雁沉鱼春水，闭花羞月金秋。银河遥看木兰舟，似有嫦娥笑语。

二〇一一年九月十二日

沁园春

云淡星河，鹊桥人散，万盏灯燃。忆云消雨霁，枕边人语；金鸡三唱，一晌贪欢。寂寞天长，缠绵夜短，相见时难别亦难。惺惺意、数千帆过尽，脉脉情含。

逢君还在江南，金风起、枫红恰似丹。正钱塘潮涌，东山月上；琴声如诉，玉指轻捻。梦里相思，醒来相唤，别后常悲衾枕寒。今去也，道一声珍重，万水千山。

二〇一一年九月十二日（农历八月十五）

箜篌曲

云暗月朦胧，清辉泛太虚。照年年、八月中秋。月下轻歌催曼舞，无人寐、奏丝桐。

别后莫登楼，远山迎近舟。正西行、万里金风。欲饮吴姬江上酒，归去也、启帆篷。

二〇一一年九月十三日

花蝶犯

昔人云：十五月亮十六圆，信然。昨日云遮月，今宵月破云，故书此。

雾卷千峰白，风清一镜寒。明月万里照关山，万水千山云穿破，才到江南。

秋水隔银汉，波光漾玉盘，一声更漏一声残。梦里佳人无由见，灯火阑珊！

二〇一一年九月十三日

永遇乐

江左情浓，东南名士，英气豪迈。如画金陵，山川锦绣，不负情慷慨。洲飞白鹭，矶如燕子，长伴大江东去。繁华地、群雄竞逐，秦淮一梦千载。

东吴东晋，南朝旧事，都付六朝烟雨。客棹瓜洲，云栖牛渚，雾漫西江夜。龙蟠虎踞，骚人迁客，来去江南江北。登临处、钟山月小，江潮澎湃。

二〇一一年十月三十日

沁园春

夜路朦胧，重门千扇，灯火方燃。眺楼高千丈，唯栖一室；望门投止，取舍都难。江上行舟，路中迁客，谁晓楼头望眼穿。岭头上，又霏霏细雨，枫叶重丹。

别君常在江滩，凝眸处、怅然送远帆。问此行何往，烟波万里；雪飞霜劲，风雨如磐。世路崎岖，还凭肝胆，不信东风去不还。中宵月，有玉人入梦，还在江南。

二〇一一年十一月十六日

永遇乐

美眷当厨，知音上座，主人斟酒。茶好须煎，酒香易醉，夜雨割春韭。花前赏月，山间赏雪，秋看梧桐落叶。待冬去，飞泉瀑布，叮咚

直下吴楚。

谈禅寺院，抚琴松下，如梦时光飞去。岭上汲泉，溪边垂钓，闲共高人语。访贤山野，求仙海市，笑彼功名利禄。明月夜、还乡归棹，长亭系柳。

二〇一一年十一月二十日

水调歌头

今夜寒星烁，时序已深秋。推窗远眺，一弯新月恰如钩。碌碌岁华易逝，山寺晨钟暮鼓，笑我在高楼。来年逢甲子，啸傲去江湖。

东溟居，南山卧，北窗读。西溪垂钓，湖畔诸友喜悠游。休问人生何憾，且唱高山流水，一曲裂箜篌。莫笑村醪淡，共醉在茅庐。

二〇一一年金秋

沁园春

千丈楼台，登临岁末，还眺晨曦。看东西世界，风云骤起；大洋彼岸，又黯繁星。欧陆飘摇，旖旎仍在，却道繁荣俱往矣。东西亚，有强人更替，难料朝夕。　冬来草木凋零，道时序、循环似太极。至严冬时令，霏霏雨雪；腊梅开后，杨柳依依。赤日炎炎，秋实硕硕，岁月如流客梦惊。江湖上，喜玉人相伴，更有知音。

二〇一二年一月七日

沁园春

柳絮临风，笙歌夜鼓，明月楼头。看佳人舞剑，云中飞鹄，纤姿袅娜，掠水惊鸿。佳丽三千，六宫粉黛，似此风情绝代无。浑如梦，疑

广寒宫里，乍见嫦娥。　人生似水悠悠，抬望眼、更登百丈楼。谓古今一瞬，风云满目；唐宫汉阙，犹剩残红。西子貂蝉，玉环飞燕，俱教风流作水流。席上客，趁良辰美景，且放歌喉！

二〇一二年正月十五

水龙吟

辛卯除夕

今宵黄浦观潮，烟霞照彻江东路。连天鞭炮，此伏彼起，银花火树。笑语声喧，且迎新岁，祥龙接兔。愿友朋常在，杯中常满，歌一曲、归巢凤。　缥缈故乡别后，望高楼、星罗棋布。当年壮士，今成倦鸟，归期难数。万里江河，远山千叠，匆匆回首。看江心、但有游船璀灿，满江灯火。

二〇一二年一月二十二日

水龙吟 壬辰贺岁

又一声晓鸡新啼，报导兔飞龙续。纽约情暖，伦敦狮舞，万邦贺继。四海华人，五洲胞泽，同声贺喜。睹岁月如流，风流更替，西风凛、东风劲。

日照彤云万里，更一番、东来紫气。诸君休忘，雾弥南海，东溟未靖。东有陈兵，西闻鼓噪，战船来去。念艰难崛起，征途方远，且休得意！

二〇一二年一月二十三日

沁园春 上海赋

东海渔村，春申故地，世界名都。顺长江东下，天连海隅，浦江两岸，楼宇千重。入夜霓虹，晓来车马，万邦辐辏聚此中。黄浦港，有鸢飞四海，帆下五洲。

少年此地曾游，跑马场、驱驰如竞舟。有吴侬软语，相逢一笑，熙熙攘攘，闹市人稠。紫气东来，帆樯西去，小小寰球似巨瓯。方啸傲，看东溟云水，海阔天空！

二〇一二年一月三十一日

沁园春 浦江感怀

百转千回，大江东去，浩渺连波。看风回潮涌，游船激浪，楼台雾列，气壮名都。东海明珠，城称不夜，灿灿光华耀远东。无暇日，有如流车马，竟日穿梭。岂曰商贾中枢，开风气、昂然居上游。道江东子弟，横行天下，吴越文化，引领千秋。吐纳贤才，标新立异，美俗欧习一并收。东风劲，鼓鲲鹏羽翼，直下五洲！

二〇一二年一月三十一日

沁园春 正月元宵

皓月当空，浮云难蔽，玉影徘徊。望南天似水，清辉如泻，吴刚伐桂，玉兔冰洁。寂寞嫦娥，琼楼桂阙，对镜梳妆空自怜。桂花酒，今与谁共饮？误了前缘。

月宫冷落无言，人间世、团圆岂易圆？叹春宵无价，千金一刻；中天明月，又到床前。李杜曾吟，苏辛共唱，铁板铜琶共管弦。无须恨，想牛郎织女，都是孤眠。

二〇一二年二月八日

沁园春 钱赋

寸计戥量，兜揣绳串，兄曰孔方。叹轻薄一纸，堪敌万物；金银铜铁，皆费周章。世上王公，冥间神道，唯有明公真帝王。笑商贾，把机关算尽，徒自奔忙。

曾达四海三江，奔汝去、世人多欲狂。但逢君则喜，休提善恶；清浊不问，只要金黄。血汗捞来，刀枪猎取，有此便能富一方。人铸也，又朝之如圣，岂不荒唐！

二〇一二年二月九日

沁园春

惊蛰日，友人徐志明自浙江龙泉来，一别经年，还叙契阔，情固殷殷尔。志明携大师铸宝剑二柄相赠，抽之霜冷逼人，吹之毛发立断，斫之金铁为泥，舞之英雄气慨，遂题此阕。

酒后身寒，春风料峭，细雨斜飞。有友人来此，携来双剑；寒光似月，冷冷霜凝。吴越豪英，当年曾佩，劈断千山万壑云。千年逝，笑江山依旧，吾辈登临。

一帆还到东溟，十年过、鬓间冰雪侵。看英雄来去，风生水起；于无声处，常唤惊雷。涨落潮汐，江头明月，拔剑庭前舞一回。寒光冷，但锋含剑气，鞘啸风雷。

二〇一二年三月五日

沁园春

翠柳丝摇，春波又漾，青草池塘。看众人熙攘，非为春色；鸣莺求燕，谱点鸳鸯。老辈求缘，娇娃待嫁，广告招贴挂树旁。招亲会，有佳缘网站，收费红娘。

无钱最是情殇，叹今日、谁称如意郎？具名车豪舍，当为首选，上流社会，富贵爹娘。脉脉纯情，裸婚即碎，贫贱夫妻难久长。休言爱，叹浮华世界，攀比风狂。

二〇一二年三月十一日

沁园春 咏水晶

友人鸿斌自连云港来，捎东海水晶佩饰，并曰人养玉，水晶养人。世之君子，宜随身带之，遂填此阕。

剔透玲珑，源出东海，水晶宫旁。看汪洋似水，皎如明月，夜空之上，灿若星光。白璧无瑕，金丝银缕，闪烁天然七彩芒。非人力，聚瑶池灵气，天地精华。

莹莹自胜琉璃，呈朱紫、苍烟染绿黄水晶有无色、朱、紫、金、绿、烟、黑、白。诸色，阳光之下，灿若霓虹。似天姿国色，清光如月，凌波仙子，夺目骄阳。五彩霓虹，千年瑰宝，妙手雕成锦绣章。燃烛照，炫朝霞吐火，夜月生凉。

二〇一二年三月十一日

永遇乐

颠倒山河，乾坤再造，又值今日。厦号英伦，镇名泰晤，仿佛临欧陆。街称华尔，人名约翰，可叹怎逢先祖？旧曾游、重来此地，不晓寄身何处。

风崇欧美，流趋西化，早弃儒释黄老。故国山川，洋人楼宇，塑像当街置。歌台舞榭，琵琶琴瑟，换作胡笳羌管。人多向、咖啡吧里，听爵士乐。

二〇一二年三月十五日

摸鱼儿

笑平生、百年能遇，几番风暴急雨。崎岖世路风光在，老树寒鸦无语。春去也，君且忘、江山几度干戈舞。当年座上，聚多少豪英，风云际会，转瞬成黄土。

人无寐，常忆江湖奔走。曾逢世上人主。供茶僧舍谈禅意，谁解降龙伏虎！卜命运，拜佛祖、焚香三炷还稽首。众生何苦？莫去祷神灵，老来归宿，最妙是吴楚。

二〇一二年三月十七日

一落索

又来淀山湖畔，春风乍暖。友朋一散聚还难，明月夜、推杯盏。

墙外柳莺唱晚，虹霓光灿。碧空焰火舞重重，映湖水、波中泛。

二〇一二年三月十八日

沁园春

过了关山，山重水复，又是关山。似山中行客，望门投止；荒郊野渡，何处凭栏？远眺重楼，入云城廓，高路还作九曲盘。观云水，任东风拂面，雨透征衫。

人生几度忧欢，只一瞬、迎来两鬓斑。忆当时年少，凌云浩气；中年奔走，始悟艰难。老去田园，归期如梦，明月何时照我还。风乍起，纵江湖浪涌，心已无澜。

二〇一二年三月二十九日

沁园春

万丈高楼，凌霄拔地，俯视如渊。欲登高望远，当临绝顶；目骋千里，脚下须惊。岭树招风，巅多雷电，福祸倚伏一转睛。长安道，有刀光剑影，常绕公卿。

公仆服务公民，灭私欲、休存侥幸心。但兢兢业业，勤于政事，奉公守法，如履薄冰。善小应为，恶行须戒，百姓心中有定评。君休忘，到挂冠归去，还是布衣。

二〇一二年四月二日

永遇乐

浪卷长风，云飞涛怒，孤樯危橹。东去滔滔，连江入海，黯黯浓云布。鸥逐帆影，随波出没，此去烟波万里。看潮汐、无言消涨，磅礴不舍朝暮。

天涯望断，蜃楼海市，谁晓蓬莱何往？缥缈云山，似真似幻，欲觅浑无路。劫波度尽，沙平浪软，喜见婆娑椰舞。向渔家、青帘沽酒，石屋借宿。

二〇一二年四月三日

水调歌头

人生唯一世，常处患忧中。不如意处，宛若孤叶荡漂篷。可笑苦争面子，议论人前人后，富贵竟何求！楼随平芜远，水逐大江流。

百岁遥，雄关险，路悠悠。二三知己，且向江上弄轻舟。潇洒还因无欲，共饮千杯浊酒，一笑且相逢。东海烟波渺，明月照山河。

二〇一二年四月十四日

水调歌头

风卷乌云布，雨纵万骑来。清明前后，江南霪雨日难开。行客匆匆行色，江上春波还绿，绕柳燕低徊。小舟向何处？渺渺赴蓬莱。

伤心人，无奈事，李桃衰。春归何速，佳人无语上楼台。花似青春易谢，镜里红颜渐老，蝶梦入桃源。今夜休嗟叹，心事费嫌猜。

二〇一二年四月十四日

暗香

少年壮志，更几番风雨，叹消磨尽。百丈楼台，望远凭高笑无据。白发星星鬓角，还记取、儿时回忆。桃源路、几度寻它，梦里似曾去。江左，雾散聚。泛一叶扁舟，浪涌潮继。我来吊古，山水犹含越王气。休道群雄竞起，只霸王、叱咤天地。又春来，莺啼晓，送它四季。

二〇一二年四月十五日

水调歌头

勿生小人气，世上小人多。胁肩谄笑，口蜜腹剑竞权谋。见利如蝇逐臭，盗誉磨牙吮血，更造是非窝。财富贪中取，尊贵腐中夺。廉耻无，面皮老，更长舌。青云一上，休讶此辈矜狂奢。前后娇娃悍仆，出入名车豪舍，夜夜舞笙歌。休怪世风坏，浊水掩清波。

二〇一二年四月二十七日

沁园春

大象无形，大音稀声，大道周行。有伏羲龙马，阴阳八卦，轩辕黄帝，始种桑麻。五帝三皇，先秦诸子，华夏源头灿若霞。垂万世，传千年历史，日月无涯。

文明灿烂中华，自秦汉、迎来四海家。道治隆唐宋，元人一宇，大明舟楫，远赴西洋。关外清兵，秋风落叶，还令中原蓄辫发。共和立，问关山何日，笑靖尘沙！

二〇一二年四月二十八日

沁园春

五月春深，花香沁脾，蜂舞蝶飞。正知音一聚，千杯不醉，相逢夜语，明月三更。我伴春来，君携春去，浩荡东风放紫薇。松风下，有炊烟袅袅，日映斜晖。

一帆已挂东溟，烟波淼、海鸥万顷飞。到蓬莱仙岛，诸仙幸会，阴阳八卦，早卜先机。富贵无求，功名已忘，醉梦桃源舍我谁？今长啸，送夏来春去，四季相随。

二〇一二年四月二十九日

卜算子

酒醉休怨壶，尽饮还因汝。画栋雕梁月上时，知已千杯少。

谁解壶中春？笑语乾坤手。慷慨豪情天下闻，终向江湖走。

二〇一二年五月六日

卜算子

吾兄敏华，席上慨叹：「过去我们谁都不怕，现在谁都不怕我们。」余击掌，曰：「我们谁都不怕，谁都不怕我们，盛唐有之，斯为和谐之世也。如今高人无语，小人托大；犬吠于前，豺聚于后。非空言可退也。」故拟「卜算子」二首。

一

今岁逢短春，早夏逼春尽。休问波涛几时平，四野烽烟聚。

昔我曾怕谁？今我无人惧。且待英雄奋长缨，尽缚豺狼去。

二

慈悲肥恶仆，绥靖滋骄虏。只憾当年似东郭，未辨狼与狗。
我自不犯人，彼亦休犯我。山水相依作芳邻，天地方长久。

二〇一二年五月七日

永遇乐

一见还惊，经年睽违，西山春色。壮岁曾来，长街十里，酒绿灯红处。燕云羌管，长城笳鼓，梦里关山缥缈。上层楼、登高临远，兴废又经几度。

京华千载，元明宫阙，谁料清人来主？怒海狂涛，嚣张寇焰，仗势欺贫弱。哀哉华夏，一朝奋起，醒处当闻狮吼。但莫教、无为愧对，江东父老！

二〇一二年五月十五日

渔父

江上客，去何时，杨花柳絮乡情痴，还家月上迟。

二〇一二年五月二十日

水调歌头

离人三更语，南海夜生潮。无边心事，常逐拍岸浪滔滔。此夜难分难舍，明日挂帆东去，梦断水天遥。情有不能尔，别后恁煎熬。

五岭高，东溟远，世事劳。人生一世，恰似孤叶异乡飘。休道愁肠谁诉，暂吐心中块垒，浊酒向天浇。一醉逢知己，且纵旧情豪。

二〇一二年五月二十二日

梅梢月

扬子江头，彩云送、星星海天帆影。潮去潮来，两岸浪阔，万里水急风劲。正凝眸晚霞夕照，春还伴、夏临光景。雨方住，残红委地，落英如许。

闹市楼高千丈，思故里、犹余旧时烟树。小径无人，野渡波平，还是梦中乡野。乡亲父老今何在，看扰攘、民工来也。怯相问、城中有活干不？

二〇一二年五月二十三日

满庭芳 咏酒 二首

一

似水还香，饮辄易醉，开怀一洗愁肠。送迎席上，常进酒千觞。世上征人来去，举杯处、又折垂杨。逢佳日，登高临远，把酒酹长江！

醉生休梦死，一壶残酒，几度斜阳。漫赢得，江湖无限风光。淋漓英雄肝胆，还化作、慷慨激昂。杯中事，无垠今古，尽在此中藏。

二

酒冽泉香，高朋满座，大江东去滔滔。千杯一饮，谁竟酒中豪？任尔风云变幻，举杯处、海阔天高。会知己，功名忘了，富贵等闲抛。

酒仙逢酒圣，高山流水，乐唱逍遥。笑人世，红尘万丈难消。且把壶中岁月，都付与、秋月春宵。君休醉，挂帆归去，还盼聚明朝。

二〇一二年五月二十四日

满庭芳

少闯江东，中年骑骏，暮年跨鹤归来。蔷薇牡丹，都在一时开。记得湖边杨柳，姿袅娜、风舞徘徊。山中树，千山万壑，多是栋梁材。

曾经多少事，知音难遇，福祸难猜。世坎坷，长歌难赋归田。且向风波江上，看逝水、荡去尘埃。南山下，竹篱茅舍，农友喜相偕。

二〇一二年五月三十一日

满庭芳

咏瓷

白玉无瑕，土出高岭，千年誉满浮梁（高岭土自元代发现于江西省浮梁县高岭村而得名，现在是国际通用的瓷土矿名称，现属景德镇。）。景德名器，一去万千乡。昔日宫中瑰宝，数名贵、还是官窑。迄明代，青花彩绘，万里下西洋。

名瓷惊欧陆，皇家称羡，名士皆狂。尽知晓、天工出自天朝。自此令名称世（瓷器在西方通称China，与中国同义。），千金价、过海飘洋。声如磬，肤白似脂，更比美人芳。

二〇一二年六月一日

行香子

咏瓷

百态千姿，地老天荒，器与皿，日用珍藏。入窑百变，五彩虹翔。道白如玉，薄如纸，色如光。

五洲四海，三山五岳，论名瓷、还是浮梁（旧浮梁县辖景德镇，今景德镇辖浮梁。）。千年不废，万里名扬。自出于陶，塑于土，硬于钢。

二〇一二年六月一日

沁园春　夏至

溽暑难熬，清凉难觅，长夜难消。去溪边垂钓，忍惊鱼乐，柳荫堤上，蝉唱声遥。小扇轻挥，风光入眼，蛙鼓频扰中夜悄。听蟋蟀、看明月徜徉，还挂林梢。

夏来微雨飘飘，荷花放、小舟苇荡摇。有浮云遮月，天街渺渺，满天星斗，银汉迢迢。夜语嫦娥，清风徐送，何日与君一醉豪。闲无事、到南山漫步，且静心潮。

二〇一二年七月七日